KB206697

바이킹 식당

김이삭 동시집

바이킹 식당

1판 1쇄 발행 · 2012년 10월 25일
1판 2쇄 발행 · 2013년 6월 17일
1판 3쇄 발행 · 2022년 5월 5일

지은이 · 김이삭
펴낸이 · 한봉숙
펴낸곳 · 푸른사상사

주간 · 맹문재 | 편집 · 지순이 | 교정 · 김수란
등록 · 1999년 7월 8일 제2-2876호
주소 · 경기도 파주시 회동길 337-16
대표전화 · 031) 955-9111(2) | 팩시밀리 · 031) 955-9114
이메일 · prun21c@hanmail.net / prunsasang@naver.com
홈페이지 · http://www.prun21c.com

ISBN 978-89-5640-950-4 04810
ISBN 978-89-5640-859-0 04810 (세트)
값 9,000원

이 책은 2011서울문화재단 문학창작활성화 지원금을 수혜하여 발간되었습니다.

바이킹 식당

김이삭 동시집

시인의 말

안녕, 친구들! 선생님은 어릴 적부터 호기심이 아주 많은 아이였단다. 딸 부잣집 둘째 딸로 태어나 고무줄놀이보다는 구슬치기, 총싸움, 본부 놀이를 참 좋아했단다. 온 들판을 뛰어다니며 보냈지. 그때 선생님의 친구는 주로 꼬물꼬물 기어다니는 장수풍뎅이이거나 책 속에 사는 주인공이었어.

『행복한 왕자』라는 책을 아주 좋아해서 제비 때문에 마음이 아파 참 많이 울기도 했지. 친구들도 그런 적 있을 거라고 생각해. 선생님은 시인이 꿈이셨던 아빠 덕분에 어릴 적부터 시집이랑 동화책과 아주 친하게 되었어.

그런 아이가 성장해 시인의 꿈을 이루게 되었지. 물론 아빠가 참 좋아하셨어. 덕분에 이번에 세상에 나와 처음으로 동시집을 내어 친구들 앞에 섰단다. 시집 속의 주인공이랑 알콩달콩 재미있게 놀기를 바라는 마음이야.

좋은 글이란 사람의 마음을 겸손하게 하고 웃게 만드는 힘이 있다고 생각해. 선생님은 친구들이 '이삭'이라는 나의 필명처럼 어려움 속에서도 웃음을 잃지 않고 꿋꿋하게 살아갔으면 좋겠다는 바람으로 이 시집을 엮었단다. 수많은 생명을 품고 살아가는 흙과 바다처럼 친구를 꼭 품어주는 사람이 되고 싶단다.

도시와 달리 선생님이 살고 있는 '남창'이라는 이곳은 농촌과 도시의 경계 선상에 있단다. 봄과 여름 가을 겨울의 빛깔이 선명하게 나타나는 이런 아름다운 곳에 살게 된 것이 축복이라 생각해. 농촌의 따뜻한 인심과 도시의 삭막함이 공존하는 그런 곳이지만, 외로운 이웃이 있으면 불러서 함께 밥도 먹곤 한단다. 서로에게 힘이 되어 주는 그런 친구, 조금 잘못이 있어도 그럴 수 있다 이해해 줄 수 있는 바다같이 넓은 사랑을 가진 친구들이 많았으면 좋겠어.

선생님의 첫 동시집 『바이킹 식당』에는 나무랑 길에 버려진 고양이, 먼 나라에서 건너온 사람, 바다에 사는 생물, 할아버지, 할머니, 풀, 꽃들이 주인공으로 등장한단다. 작고 소외된 것들이지만, 각자 나름의 삶이 있지. 그들에게 가끔 눈을 돌려 관심을 가져 주길 바라는 것 알지? 친구들아, 공부하다 지치면 통닭 한 마리 시켜놓고 이 시집을 보렴. 바이킹 식당에서 잠시 쉬었다 가기를 기대하며 항상 문 열어 놓고 있을게.

끝으로 부족한 제 동시집에 서평을 해 주신 박일 선생님과 멋진 그림을 그려준 나의 귀여운 제자들에게 감사의 인사를 올립니다. 여호와 이레 하나님 사랑합니다!

2012년
가을이 오는 길목에서
김이삭

제1부

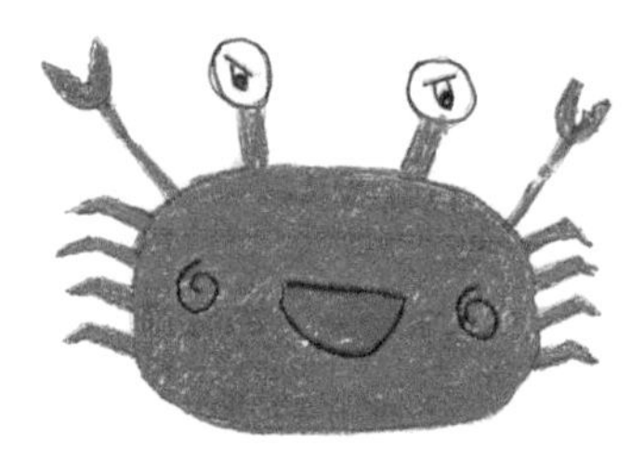

제2부

제3부

제4부

가릉가릉 추위도 잠들었다

제1부

우리 동네 문제아들

골목대장이 된 바람 따라
온 동네 휩쓸고 다니는
우리 동네 문제아들

비닐봉지
신문지
음료수 캔

유자나무

"네가 우리 섬마을 살린다."

나무 밑 지나가던
사람들 칭찬에

유자나무는
신이 나

소금기 마를 날 없었던
지난날 딛고

가지마다
노란 유자 내건다

갯비린내 사라지고
향기가 퍼진다

장다리꽃

맨 꼭대기 층에
꽃이 피었다

다보탑
석가탑보다
예쁜 9층 초록탑

따발총

우리 엄마는 매일 총을 쏩니다

따다다
아빠가 쓰러지고

따다다
누나가 쓰러지고

우리 집 장래 희망인
나마저도 쓰러집니다

말 총알이 나오려고 하면

아빠는 약수터
누나는 방 정리
난 밀린 숙제

피신처로 갑니다

고양이

날씨가 추워져
걱정했는데
햇볕 따라 옮겨 다닌다

밤새 언 몸
빛 온돌 매트에
녹이고 있다

가릉가릉
추위도 잠들었다

일 학년

연필 떨어뜨리는 두희
지우개 떨어뜨리는 설아
필통 떨어뜨리는 태완이

투툭
타탁……

수업 시간 내내
떨어뜨리기와 줍기

오늘 배운 수업 내용
기억할까요?

50 오십빼기 사십은 십이다
-40 (적으세요)
10
필통

보름달과 도둑게

뚝방에
소소소
바닷물 들어왔다

도둑게 한 마리
살금살금
달님 훔치러 다닌다

약 올리며
실실실 달아나는 보름달

밤새 야단이다

장날 버스

끼이익!

뛰어든 장닭 피해

버스가 섰다

–저 놈의 달구새끼,

십 년 감수했네.

데구르 퍽

늙은 호박 하나

운전사 앞으로 굴러간다

–할매요, 단디 잡으소.

하하하 호호호

버스는 배꼽 떨어질까봐

조심조심

다시 출발한다

베트남과 결혼하세요

에, 마을회관에서 알리겠습니다
내일 베트남 처녀와 맞선을 볼 예정이오니
신청하신 칠천도 농촌청년회 여러분께서는
오전 10시까지 신분증을 지참하시어
마을회관 앞으로 나와 주시기 바랍니다

국경 넘어 온 봄바람
마을회관 앞 현수막 흔들다가
장가 못 간 덕만이 아재 마음 흔들고 있다

연못

연못은
곤충들 밥상이라네

개굴개굴 개구리
밥 먹고 가고

뱅글뱅글 물방개
밥 먹고 가고

정신없이 먹느라
입가에 초록 밥풀 묻었네

아까시

모두 떠난 산마을
마산댁 할머니 집만 남았다

"힘내요, 할머니!"

아까시나무
하얀 총채 들고
응원을 한다

아까시꽃 피면
산마을
외롭지 않겠네

목련

목련나무가 전구를 켰다

깜박

깜박

새로 밝힌

백열등

새벽이 화안하다

우리 집에 딱지 많다

제2부

치킨 극장

우리 동네 통닭집은 고양이 영화관이야

영화가 시작되자
고양이 관람객
창가로 몰려들기 시작해

오늘 상영 프로는
4세대 치킨 핫 시리즈

뭐니 뭐니 해도
이 극장 인기 스타는
핫순살파닭

노릇노릇 구운
순살파닭 나오자마자

야, 야옹
야, 야옹

환호성 지르는 고양이

상추 탑

할머니가 상추잎을 뜯습니다

한 잎
두 잎

소쿠리에 포갠
잎
한 층
한 층
탑이 되어 갑니다

반찬이 되고
삼촌 등록금 되고
할머니 약값이 됩니다

뻿때기*

흠 있고

못난 것

다 쓸모 있다며
말리는 할머니

잘생기고 고운 것은
고모네랑
삼촌네로 보내고

늘 못난 것만
죽 끓여 드신다

* 생고구마 말린 것의 경상도 사투리.

바이킹 식당

우리 동네
산 중턱에 해적선이 나타났다!

'바이킹 식당' 이라는
간판을 단 해적선

애꾸눈 해적 차림의
종업원이 왔다 갔다 하는 게 보인다

도시 사람들
줄 서서 기다리고

모 심던 사람들도
짬을 내 바이킹으로 간다

해적들 불 밝히고
산마을 사람들 호주머니 털고 있다

바이킹

진달래 기차

올해도 기차가 도착했다

남쪽에서
북쪽 산기슭까지

직포
직포

연분홍 꽃연기 뿜으며

햇살 기관사 모는
기차가 도착했다

다랑이논

논이 팔렸다

"잘 팔렸다. 시원타."

하시던 우리 할아버지

주무시는 줄
알았는데

밤새
이리 뒤척 저리 뒤척

현남이

"우리 집에 제크로무 딱지 많다."
"우리 형아는 힘세다."

친구들 자랑에
현남이가 말했다

"우리 집엔 바퀴벌레
억수로 많다."

"하하하!"
"히히히."

칡넝쿨 코끼리

버려진 아파트 공사장
그물 담 위로
목 걸친 칡넝쿨

건너편 빵집
내다보고 있다

바람 불면
긴 코로 고소한 빵 냄새
쓰르륵 걷어간다

냄새만 먹었는데도
뚱보가 된 코끼리

눈콩

삼월에 눈이
내렸다

산수유나무는 꽃잎자루 펴
받고
동백나무는 초록 손바닥으로
받았다

콩콩콩
콩
밤새 콩이 배달되었다

밤나무 덕장

가지마다 하얀 낙지
척척 걸쳐놓았다

먹을 게 없어
마을로 내려가다 다치는
산 식구 주려고

겨울 양식 벌써 준비하나 보다

뻘 냄새
온 산 덮어도

밤나무 아저씨
귀한 낙지
삐뚝삐득 말리고 있다

하늘 영화관

하,

하도

넓고 높아서

봐,

봐도

끝나지 않아

—얘, 눈 나빠져.

잠깐 쉬라고

구름 아저씨

먹구름 커튼 칩니다

반성문

눈 위를
아이가 걸어갑니다

누가누가
삐뚤삐뚤 가는지
바른 길 가는지

하나님은 가끔
눈 발자국으로
우리를 돌아보게 합니다

다정이

욕쟁이 할머니 집에
사는 강아지
다
정
이

그 집
지나가는 사람들에게
방가방가
꼬리 흔든다

강아지 오고부터
욕쟁이 할머니
외출 줄어들었다

우리가 들을 욕

다정이 혼자

다 듣는다

방귀만 뿌 뿌 뀌는 페리

제3부

등대

등대는 애꾸눈 선장

낙지주낙 나간
찬조아재 배
암초 부딪치지 말라고

삐이잉, 삥
삐이잉, 삥

어지러워도 꾹 참고
빛으로 지휘한다

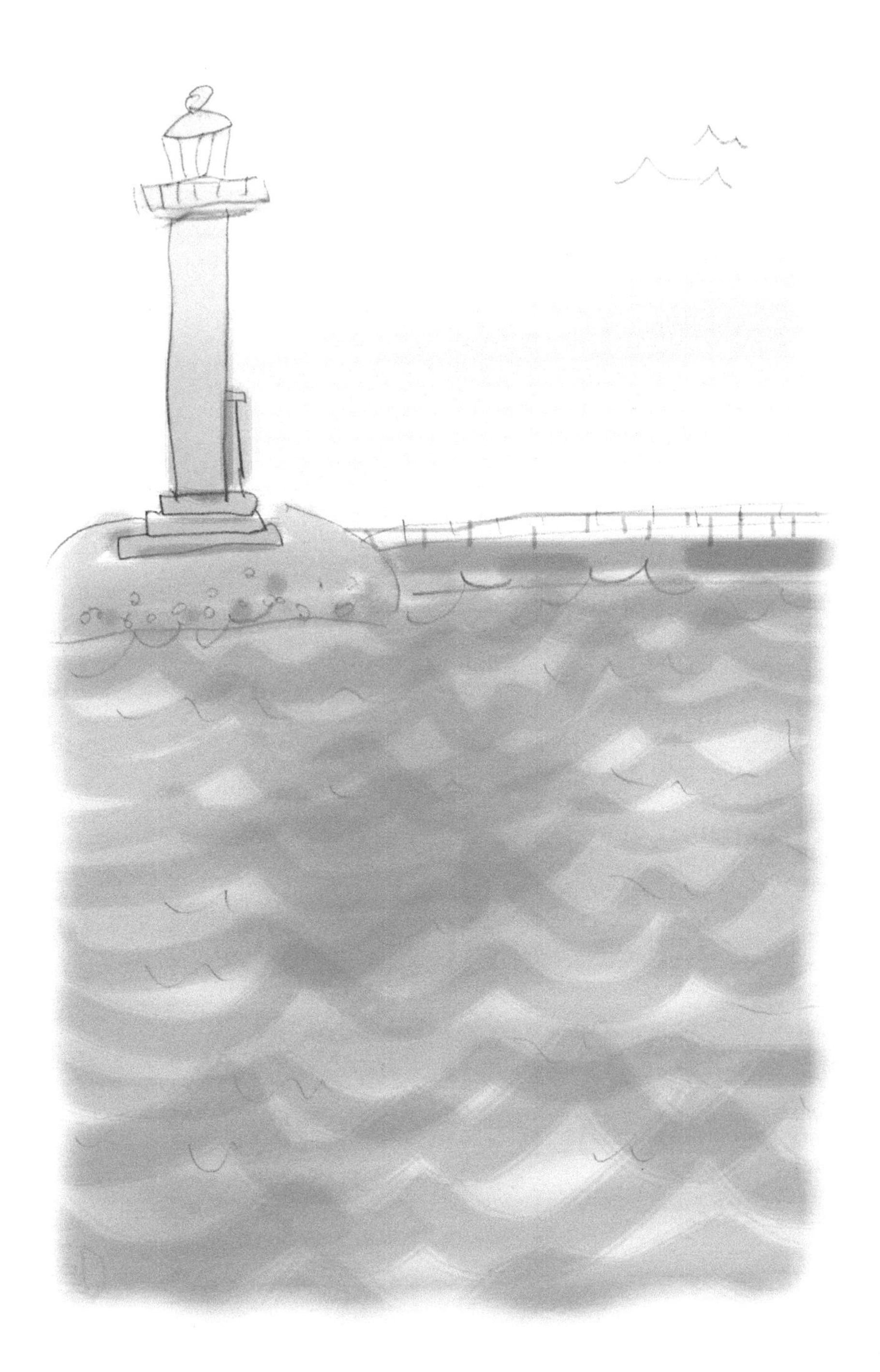

장맛비는 좋겠다

잠방잠방
찰방찰방

신나게 뛰어다닌다

놀이터 지나
모래 웅덩이 지나

맨발로
하루 종일 놀아도
야단맞는 일 없다

병찬이 형

스물네 살인데도
하루도 빠짐없이
일기를 쓰고
있는 형

형아 몰래
일기장을 훔쳐보았다

'아침에 오므라이스 먹었다 김치도 먹었다 김도 먹었다
……'

온통 먹는
이야기뿐이다

형아 일기장 보니
우리 큰엄마 일주일 식단을
다 알 수 있다

여름 민박집

할머니 떠난 외갓집 갔더니

개망초랑
메꽃 한 무리
벌써 마당 차지하고

거미 매미 피서객
바글바글

전단지 내지 않았는데
여름내 민박을 한다

밤이 되자
바닷물도
달님도 자러 온다

아빠 밥

온종일
어시장 좌판에서
생선 장사하시는
우리 아빠 아침밥은 소주입니다

생선 비린내
시끌시끌한 하루
부글부글 끓던 마음
소주 반 병이면 가라앉는다고 합니다

엄마는
그런 아빠 흘겨보면서도
저녁 장바구니 속에
삼겹살과 함께
이 밥을 꼭 챙겨 갑니다

섬 출석부

바다 학교가 섬 출석 부른다

거제도, 네
사량도, 네
욕지도, 네
……

"선생님, 지는예?"
"너 언제 전학왔니? 이름이 뭐니?"
"그물섬*인데예."
"네가 바로 그 짱……."

파도 선생님 불안한 마음 감추느라
어쩔 줄 모른다

* 바다에 떠다니는 폐그물이 섬을 이룬 모습으로 바다 오염의 주범.

꽃 발자국

모래밭에 해당화 꽃잎 후두둑 떨어졌다

갯바람 따라
바다로 소풍 내려온
작고 예쁜 꽃 발자국들

줄 설 줄 모르는
일 학년처럼
이리 삐뚤 저리 삐뚤

그래도 참 예쁘다

카페리호

페리야
페리야
바닷길 건너는 동안에
왜 한 마디도 하지 않니?

한 무리
갈매기 떼가
따라오면서 물으면

귀찮다는 듯
방귀만 뿌 뿌
뀌는 페리호

엽낭게 밥상

썰물이 나자 엽낭게
집 둘레 모여 모래 반죽한다

동글동글 수제비 빚느라
쉬지 않고 양쪽 집게다리
움직인다

배고픈 파도 위해 차려진
엽낭게 밥상

—삭삭삭 삭삭삭
파도가 와서 깨끗이 비운다

바다가 보약

만날 여기 아프다 저기 아프다
끙끙대던 우리 할머니

순, 거짓말이다

물 빠지면
언제 그랬냐는 듯
바구니랑 호미 챙겨
바지락 캐러
개펄에 나가신다

할머니에겐
바다가 보약인가 보다

파래

파래는 때밀이

쓱싹, 쓱싹

담치 수염이랑
갯바위 붙은 때
말끔히 씻어주고

바다 친구들의 때도
공짜로 밀어준다

파래가 있어
바다는 언제나 파래

점보 전어

고민 해결 점 빼 드립니다!

어부 아저씨 그물 전단지 뿌리자

―나도
―나도
―점 있는데……

우르르
그물 전단지 밑에 전어들 줄 섰다

했던 소리 또 하기 있기, 없기

제4부

개구리

가글가글 개구리
무엇하러 왔나?

재미없다, 농사
사람없다, 농사

투덜대는 농부 할아버지
응원하러 왔지

농부님
힘내

이팝나무꽃 국수

올해도
통 큰 이팝나무 할머니
무료 급식소 차렸다

–어여 와
 어여 와

배고픈 벌 나비
먹고 가라고

가지마다
쌀국수 한 타래씩
말아놓았다

수다 여왕

엄마랑
201호 아줌마
마주 앉아
뜨개질 한다

~~~~
~~~~

서울대 간 사촌형 이야기
야구하다 유리창 깬 내 이야기
아파트 물 새는 이야기

~~~~
~~~~

뜨고 있는 내 조끼
완성될 줄 모르고

말냉이꽃

필리핀 아줌마
끄릉, 끄르릉
유모차 밀고 지나간다

지나간 길섶에
아주 작은 말냉이꽃
바람에 손 흔들고 있다
—힘내요, 코시안 엄마!
먼 나라에서 와
저도 꽃을 피웠어요.

있기, 없기

시험이 코앞인데
놀기
있기, 없기

뱃살
출렁한데
많이 먹기
있기, 없기

이런 말
들을 때마다

엄마에게
꼭 해주고
싶은 말

했던 소리
또 하기
있기, 없기

불공평

엄마는
친구 만난다고
늦게 오면서

"너, 어디야? 빨리 들어 와!"
야단치고

아빠는
"술이 달다, 달아."
자꾸만 마시면서

"너, 콜라가 얼마나 나쁜 줄 알아?"

정말 불공평한
우리 집

가이드 갈매기

–할아버지, 여기 여기요.

갈매기들이
청어 있는 곳
일러줍니다?

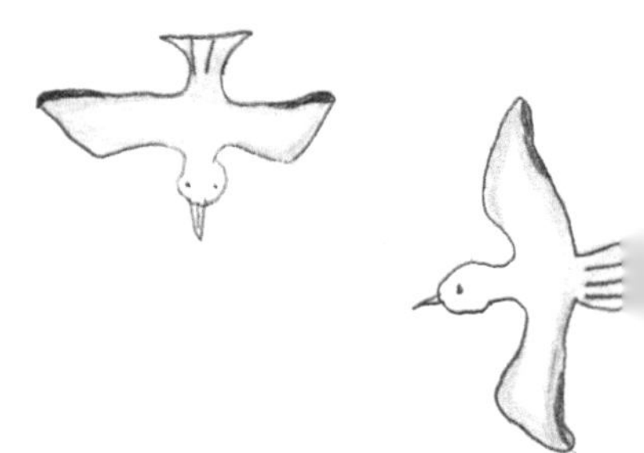

–허허, 고 녀석들.

할아버지는 갈매기가
고마워 웃습니다

–옛다, 청어 받아라.

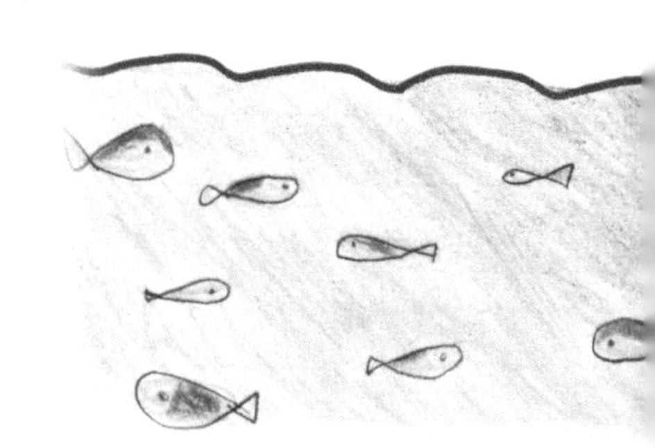

해질녘 그물 걷던 할아버지
잊지 않고 갈매기에게
고마움 전합니다

장보고 마트

"자, 골라잡아요.
싱싱한 대게가 왔어요."

장보고 아저씨
이벤트 여는 시간
마트가 들썩들썩
판매 액수가 쑥쑥

아이쇼핑 왔던
우리 아빠도
장바구니 가득

해상왕 장보고보다
장사 잘하는 아저씨

우리 동네 마트에 오면
역사 공부 생각나고
장도 보고

예인이 일기

치매 걸린 할아버지가
집에 오셨습니다.

"자는 부모도 없나?
와, 우리 집에 맨날 오노. 불쌍타."

"밥 해주는 아지매는
성이 뭐요?"

할아버지에게
나는 고아이고
엄마는 밥 해주는 아줌마입니다.

"우리 예찬이 아범은 언제 오요?"
하루 종일
회사에 간 아빠만 찾습니다.

쥐똥나무꽃

유월 아침, 쥐똥나무에
생쥐 앞니가 조랑조랑

키득키득 웃음이 열렸다

무얼 먹었길래
이빨만 가득 남겨 놓았나

하얀 이빨 달아놓고
생쥐들 어디 갔나?

비닐봉지 새

돌고 돌다가
가시덤불에 걸렸다

나무에도 걸리고
담에도 걸리고

다시
바람을 타고 날고 있다

—봉지야! 둥지는 어디니?

빈 논

밤새 서리가
벼 밑동에 내렸다

촘
촘
촘

—서릿발이 추워서
잠시 방학이야.

하나님
보낸 강바람 편지 받고

숙봉이 할배
두 발 뻗고
주무신다

접시꽃

하양
분홍
빨강

소나기가
후다닥, 툭툭
설거지하고 갔다

반짝반짝
햇살이 소독 중이다

층
층
꽂힌 접시 눈부시다

| 해설 |

비유와 감춘 것을 향기로 뿜어내는 노래, 그리고 사랑

박 일
(동시인)

내가 입을 열어 비유로 말하고, 창세부터 감추인 것들을 드러내리라.

— 마태복음 제13장

1.

『바이킹 식당』은 김이삭 시인의 첫 번째 개인 동시집입니다. 이 동시집의 동시들을 읽으면서 '큰일을 낼 시인이구나' 하는 생각이 들었습니다. 성인문학(시)은 물론 아동문학의 운문(동시)과 산문(동화)까지 못하는 게 없는 문학가이기도 하지만, 새로운 소재를 탐색하기 위하여 얼마나 노력했는지 동시마다 참신함이 돋보였기 때문입니다.

김이삭 시인의 문학 경력은 대단합니다. 아무나 갈 수 있는 길을 걷는 게 아닙니다. 1998년 『소년문학』에 동화가 당선되고, 2005년에는 『시와 시학』에 시 「전어」 외 4편이 당선됩니다. 2008년에는 '시와 창작 문학상'에 30편의 시가, 경남신문 신춘문예에 동화가, 2010년에는 기독신춘문예에도 동화가 당선되는 영광을 누립니다. 그뿐이 아닙니다. 제3회 농촌문학상, 제9회 푸른문학상 '새로운 시인상' 을 수상하고, 『어린이와 문학』지에 동시 「우리 동네 문제아」 외 2편이 추천되어 당당히 문단에 나섭니다. 2011년에는 작품의 우수성을 인정받아 서울문화재단의 지원금을 받기도 합니다.

또한 2009년에는 시집 『베드로의 그물』, 작년에는 동화집 『꿈꾸는 유리병 초초』 그리고 금년에는 동시집 『바이킹 식당』을 발간하면서 문학적 성과들을 하나씩 이루어내고 있습니다.

내가 운영하는 '아름다운 동시교실' 에서 그와 함께 공부하고 토론한 것도 근 2년이 되었습니다. 그의 문학 열정이 얼마나 뜨거운지 부산도 멀다 않고 달려오곤 합니다. 또한 기독교 신앙이 몸에 배어 늘 겸손하고 차분하고 자애롭고 소박합니다. 그런 열정과 신앙심과 천성들은 좋은 동시를 만드는 모티프(주제나 생각)나 밑천이 되었겠지요.

'큰일을 낼 시인' 의 동시집에 서평을 쓰는 것은 두려움이기도 하지만, 언제나 낮은 자세로 다가오는 그의 모습이 예쁘고 아름답기 때문에 이런 모습들만 표현해주어도 되겠다는 생각이 들어 주저 없이 펜을 들었습니다.

2.

이삭!

벼, 보리 따위의 곡식의 열매가 달리는 부분이거나 농작물을 거두고 난 뒤, 흘렸거나 빠뜨린 낟알을 이르는 말이기도 합니다.

그런데 그런 뜻이 아닙니다. 아브라함은 구약 성서 「창세기」에 나오는 이스라엘 민족의 시조입니다. 하나님은 그의 신앙을 시험하기 위하여 어린 아들을 제물로 바치라고 합니다. 아브라함은 의심 없이 순종하지요. 그

아들이 이삭입니다. 이삭이라는 필명(본명:김혜경)에는 철저히 기독교의 정신을 계승하고, 그 신앙을 올곧게 표현하는 문학가가 되겠다는 의지가 담겨 있습니다.

종교를 문학으로 승화시키는 것은 쉬운 일이 아닙니다. 자칫 기도처럼 격렬해 지면 종교 선전이 될 수 있으니까요. 그것은 문학이 아닙니다. 종교의 기품이 배어나도록 표현할 때 문학성도 살아나는 것입니다.

눈 위를/아이가 걸어갑니다//
누가누가/삐뚤삐뚤 가는지/바른 길 가는지//
하나님은 가끔/눈 발자국으로/우리를 돌아보게 합니다

―「반성문」 전문

흰 눈은 깨끗함과 순결을 상징합니다. 그런 눈이기에 처음으로 발자국을 찍는 것은 두려움이며 설렘일 수 있습니다. 사람마다 발자국이 찍히는 모양은 다릅니다. 발자국의 모습이 다르듯이 우리들이 걸어가는 삶의 모습도 다른 것입니다. 그래서 하나님은 흰 눈을 주시고, 그 발자국으로 우리를 돌아보게 합니다. 이 동시의 매력은 눈만으로도 부족하여 바른 길 가도록 하는 하나님의 소망까지 표현하고 있는 것입니다. 시인이 얼마나 깨끗한 세상을 소망하고 있는지 알 수 있습니다.

밤새 서리가/벼 밑동에 내렸다//
촘/촘/촘//
- 서릿발이 추워서/잠시 방학이야.//
하나님/보낸 강바람 편지 받고//
숙봉이 할배/두 발 뻗고/주무신다.

―「빈 논」 전문

숙봉이 할배는 농사꾼입니다. 방학도 없이 농사를 짓는 모습이 안쓰럽습니다. 그래서 밤새 서리를 내립니다. 서리밭에서는 일할 수 없으니 방학을 준 셈이 되지요. 이것은 안식을 주고 싶은 시인의 마음이기도 하겠지만, 숙봉이 할배를 비롯하여 인류를 사랑하는 하나님의 사랑과 배려이기도 하겠지요. 그런 은혜를 받은 숙봉이 할배는 두 발 뻗고 주무시고 계시겠죠. 흐뭇하게 웃고 있는 시인의 얼굴도 떠오릅니다.

김이삭 시인의 동시는 사랑과 평안과 안식입니다. 몸에 밴 기독교 신앙이 동시 소재의 바탕을 이루고 있기 때문입니다. 그러나 격렬하지 않고 잔잔하게, 뜨겁지 않고 차분하게 흐르고 있어 그 문학성이 뛰어나다 아니할 수 없습니다.

3.

김이삭 시인의 동시 세계를 좀 더 이해하려고 성서도 조금 읽었습니다. 마태복음을 읽다가 성인(예수)의 말씀이 비유이거나 감춘 것을 드러낸다는 것을 읽고 이것이 김이삭 시인의 동시와 별반 다를 바 없다는 생각이 들었습니다.

김이삭 시인은 비유가 참 좋습니다. 비유는 동시를 이루는 글의 옷입니다. 맵시 있고 멋지게 보이는 옷을 입을 때 더 예뻐 보이지요. 시인은 글의 옷을 맵시 있고 멋지게 보여주려는 분들입니다. 그 옷은 시인의 상상력으로 만들어(지어) 내는 것이랍니다.

> 목련나무가 전구를 켰다//
> 깜박/깜박//
> 새로 밝힌/백열등/새벽이 화안하다
>
> —「목련」 전문

삼월 새벽이 환합니다. 그 이유가 무엇일까요? 목련나무가 전구를 켰기 때문입니다. 꽃이 핀 것을 전구를 켰다고 하니까 세상이 밝아지는 느낌이 얼마나 크게 느껴집니까? 그렇게 느껴지게 하는 것을 이미지라고 합니다. 훌륭한 시인은 새롭고 참신한 이미지로써 독자들을 감동시킵니다.

> 올해도 기차가 도착했다//
> 남쪽에서/북쪽 산기슭까지//
> 직포/직포//
> 연분홍 꽃연기 뿜으며//
> 햇살 기관사 모는/기차가 도착했다
>
> —「진달래 기차」 전문

올해도 진달래 기차가 도착하네요. 진달래가 기차입니까? 그런데 직포 직포 소리를 내고, 연분홍 꽃연기를 뿜으며 달려오는 모습이 정답고 낯설지 않지요. 좋은 동시는 비유는 전혀 엉뚱하지만, 정말 그렇구나 하면서 감탄이 나오게 하거든요. 올해도 햇살 기관사가 모는 진달래 기차를 맘껏 타고 놀아요.

> 등대는 애꾸눈 선장//
> 낙지주낙 나간/찬조아재 배/암초 부딪치지 말라고//
> 삐이잉, 삥/삐이잉, 삥//
> 어지러워도 꾹 참고/빛으로 지휘한다
>
> —「등대」 전문

디즈니 영화 〈피터팬〉에 나오는 후크 선장은 갈퀴손을 가지고 악한 행동을 많이 하지요. 그러나 등대는 애꾸눈이지만 착한 선장입니다. 삥 삥 머리를 돌리면 어지럽겠지요. 그래도 빛으로 지휘하기 위해서 꾹 참을 수밖에

없습니다. 찬조아재 배 암초에 부딪치면 안 되니까요. 어쩌면 김이삭 시인도 등대입니다. 동시라는 빛으로 사람들의 마음을 지휘하려고 하니까요.

김이삭 시인의 동시를 읽으면서 비유를 찾아보세요. 상상의 나라로 맘껏 날아가게 할 것입니다. 21세기 삶의 경쟁력은 상상력이라고도 하니까요.

4.

김이삭 시인이 드러내고 싶은 세계는 무엇일까요? 동시인은 무엇보다 아이들의 마음을 이해하고 그들의 세상을 알아야 합니다. 그게 동심이니까요.

잠방잠방/찰방찰방//
신나게 뛰어다닌다//
놀이터 지나/모래 웅덩이 지나//
맨발로/하루 종일 놀아도/야단맞는 일 없다

—「장맛비는 좋겠다」 전문

요즘 아이들이 꽉 짜인 일과 속에서 살아가는 것이 안타깝습니다. 그래서 장맛비를 통하여 아이들에게 자유를 선물합니다. 신나게 뛰놀게 합니다. 그렇게 놀아도 야단맞지 않게 합니다. 정말 근사하지요.

보이지 않는 커다란 힘에 대한 거부감도 표현하고 있습니다.

우리 동네/산 중턱에 해적선이 나타났다!//
'바이킹 식당' 이라는/간판을 단 해적선//
애꾸눈 해적 차림의/종업원이 왔다 갔다 하는 게 보인다//
도시 사람들/줄 서서 기다리고//

모 심던 사람들도/짬을 내 바이킹으로 간다//
해적들 불 밝히고/산마을 사람들 호주머니 털고 있다

—「바이킹 식당」 전문

동네 산 중턱에 식당이 들어섭니다. '바이킹 식당' 입니다. 해적선의 이름이기에 어쩌면 동네를 해적질할지 모른다는 생각이 스칩니다. 왜 그런 생각이 들었을까요? 산마을 사람들은 넉넉하게 살아가는 분들이 아니지만, 근사한 식당이 생겼으니까 자주 이용하게 되겠지요. 소비를 부추기게 하니까 마치 해적이 사람들의 호주머니를 통째 털고 있다는 것으로 생각할 수 있습니다. 참 근사한 생각이지요. 이 동시를 읽으면 시인의 착상력이 얼마나 참신하고 경이로운지 알 수 있을 것입니다.

다문화 가정에 대한 배려와 응원도 남다릅니다.

필리핀 아줌마/끄릉, 끄르릉/유모차 밀고 지나간다//
지나간 길섶에/아주 작은 말냉이꽃/바람에 손 흔들고 있다/
– 힘내요, 코시안 엄마!/먼 나라에서 와/저도 꽃을 피웠어요.

—「말냉이꽃」 전문

시적 화자인 나는 말냉이꽃입니다. 먼 나라에서 들어온 꽃입니다. 나(꽃)도 이렇게 꽃을 피우듯, 필리핀에서 온 코시안 엄마도 힘을 내서 행복의 꽃을 피우길 소망하지요. 다문화 가정의 엄마나 아이들이 잘 적응하면서 살아갈 수 있도록 응원하고 있지요.

또한 고향 바다에 대한 향수와 체험도 깔려 있습니다.

파래는 때밀이//
쓱싹, 쓱싹//

담치 수염이랑/갯바위 붙은 때/말끔히 씻어주고//
바다 친구들의 때도/공짜로 밀어준다//
파래가 있어/바다는 언제나 파래

—「파래」 전문

파래는 바닷말입니다. 갯바위에 붙어 자라지만 바다를 씻어주는 때밀이에 비유했습니다. 파래가 바다의 때를 밀어서 바다가 파랗게 된 것이지요. 이런 생각은 바다가 파랗다의 '파래' 와 바닷말 '파래' 를 같은 뜻으로 파악했기 때문이지요. 어때요? 재미있지요. 이런 것을 '언어 유희' 라고 합니다.

가글가글 개구리/무엇하러 왔나?//
재미없다, 농사/사람 없다, 농사//
투덜대는 농부 할아버지/응원하러 왔지

—「개구리」 전문

개구리 울음소리가 '가글가글' 들리나요? 소리가 깨끗하게 들리지 않네요. 아마 농사를 지어도 재미없는 농부들을 보니까 마음이 아프고 목이 컬컬해졌기 때문일 것입니다. 그런 현실이 안타까우니까 개구리 울음도 '가글가글' 들리는 거지요. 이 동시는 부산도시철도 승강장에 그림과 함께 오래 붙어 있어, 많은 사람들이 농사를 걱정하고 농부들을 응원한 계기가 되었을 것입니다.

이 밖에도 '환경 보호' '동물 보호' '사회 고발' '엄마와 가족 사랑' '나라 사랑' 그리고 '꿈' 등을 간직한 동시들이 많거든요. 차분히 읽으면서 찾아보세요.

5.

김이삭 시인의 대표동시는 「향기 엘리베이터」일 것입니다. 이 동시는 제 9회 푸른문학상 수상 동시집(『향기 엘리베이터』)에 실려 있지만, 읽으면 세상을 보는 시선이 얼마나 따스한지 향기까지 느껴지게 합니다.

> 15평 산동네 아파트/우리 엘리베이터는/1층에서/15층까지/향기 배달하는/꽃향기 엘리베이터//
> 문이 열릴 때마다/산 찔레 아카시아/꽃향기가 난다//
> −너희 엘리베이터, 향기 참 좋다//
> 친구 말에서도 향기가 난다.
>
> —「향기 엘리베이터」 전문

아카시아 향기가 느껴지나요? 그 향기가 소박하게 살아가는 산동네 아파트 사람들을 으리으리한 아파트도 부럽지 않게 만들어 놓았네요. 향기는 바이러스인가 봐요. 친구의 말에서도 나기 시작했습니다. 이제는 이웃 동네, 머잖아 온 국민들의 입에서도 향기가 쏟아지겠지요. 동시집 『바이킹 식당』에서 풍기는 동시 향기와 어울려 무지개 색깔보다 아름답고, 장미보다 향기로운 세상이 이루어질 것 같네요.

김이삭 시인의 동시는 마치 하나님의 말씀처럼 비유와 감춘 것을 향기로 뿜어내는 노래와 사랑입니다. 이 동시집이 널리 읽혀서 동심과 믿음과 사랑의 꽃을 활짝 피우고, 그 향기로 온 누리를 아름답게 하는 역할을 다했으면 좋겠습니다.

동시 속 그림

박은서(온남초 5학년)

성다연

박시은(온양초 5학년)

이서연(온양초 2학년)

박민서(온남초 2학년)

황세은(온양초 6학년)

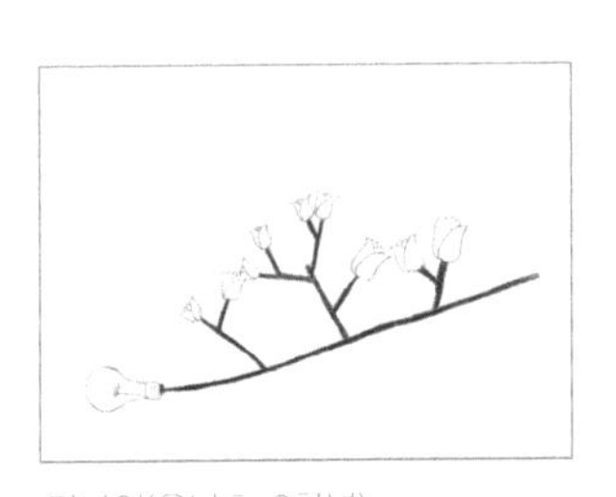

강나연(온남초 6학년)

황세은(온양초 6학년)

정다연

이소은(온양초 5학년)

김지민(온남초 4학년)

고지희(남부초 4학년)

이상열

김혜경

정다연

김성현(온남초 5학년)

김유리(명산초 6학년)

한주원(온양초 5학년)

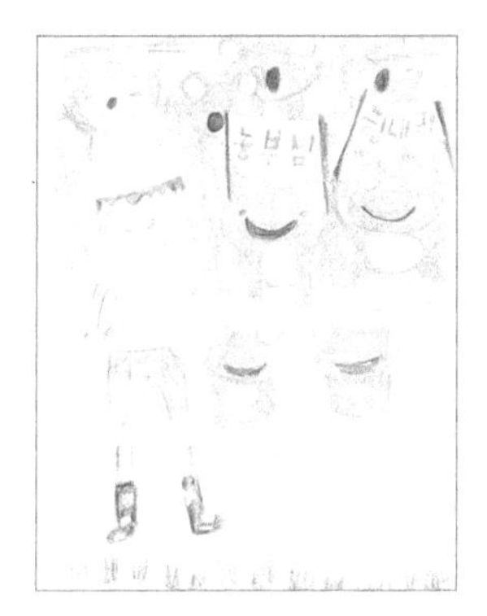
한승채(청량초 4학년)

강나은(온남초 6학년)

강준구(온남초 4학년)

강지연(전하초 3학년)

이승민

* 그림을 그려준 학생들이 다니고 있는 학교는 모두 울산에 있습니다.

바이킹 식당